à Julian,

Attention à tes
parents...

...ils sont
des monstres !!!

Judith Ruglis
mars 2014

LES ÉDITIONS Z'AILÉES
22, rue Ste-Anne C.P. 6033
Ville-Marie (Québec) J9V 2E9
Téléphone : 819-622-1313
Télécopieur : 819-622-1333
www.zailees.com

DIFFUSION ET DISTRIBUTION : MESSAGERIES ADP
2315, rue de la Province
Longueuil (Québec) J4G 1G4
Téléphone : 450-640-1237
Télécopieur : 450-674-6237
www.messageries-adp.com
*filiale du Groupe Sogides inc.,
 filiale du Groupe Livre Québécor Media inc.

Infographie : Impression et Design Grafik
Illustration de la page couverture : Richard Petit
Maquette de la page couverture : Gabrielle Leblanc
Texte : Jonathan Reynolds
Crédit photo : Guillaume Pratte

Impression : septembre 2011
Dépôt légal : 2011
Bibliothèque nationale du Québec
Bibliothèque nationale du Canada

ISBN : 978-2-923910-07-9

Imprimé au Canada sur papier recyclé.

Les Éditions Z'ailées remercient la SODEC   SODEC
pour l'aide accordée à leur programme   Québec
de publication.

Gouvernement du Québec — Programme de crédit d'impôt pour
l'édition de livres — Gestion SODEC

MES PARENTS,

DES MONSTRES?

JONATHAN REYNOLDS

*À mon neveu Étienne, parce qu'il
a eu le courage de me demander
d'être dans une de mes histoires...*

PROLOGUE

C'est la nuit, mes parents dorment dans leur chambre et moi, j'ai envie d'aller à la toilette. Habituellement, je n'ai pas peur de marcher le long du corridor… mais là, je tremble de partout. Ce n'est pas parce qu'il fait très noir. Quelque chose ne va pas, je le sens. On dirait qu'il y a quelqu'un d'autre dans la maison.

Je prends tout de même mon courage à deux mains, c'est-à-dire à une main, car je suis né avec une seule, et je commence à avancer en direction de la salle de bain. Un bruit écœurant, à la fois visqueux et guttural, qui ressemble à une personne en train de se gargariser, me fait sursauter. Ce son provient de la chambre de mes parents, dont la porte s'ouvre juste là, à quelques pas de moi. Je n'ai pas le choix de passer devant. Je frissonne, de peur, mais aussi parce que ma vessie semble sur le point d'exploser tant elle est pleine! Je dois continuer. Je ne peux quand même pas uriner sur le plancher de bois franc. Maman me chicanerait, elle l'a lavé hier…

Je décide de fermer les yeux et de marcher le plus rapidement possible. Rapidement, oui, mais silencieusement, non. Les gargouillis cessent quand le plancher craque sous mes pieds. Pourquoi j'ouvre les yeux? Je ne devrais pas. Parce que c'est là que je remarque, dans la pâle lumière de la lune, des silhouettes au-dessus du lit de mes parents. Et ce n'est ni mon père ni ma mère, car eux, je les vois couchés, bien endormis dans leur lit.

Les ombres lèvent leur regard vers moi, deux lumières d'un vert éclatant, sans pupille. Non seulement elles m'ont vu, mais elles avancent vers moi.

Je suis complètement paralysé.

Leurs mains aux doigts si longs

– six doigts par main! – veulent me toucher. Dans quelques secondes, elles y arriveront.

LE MATIN

Je me réveille en hurlant. Quel cauchemar affreux! C'était vraiment réaliste, un peu trop à mon goût... Mes draps sont tout trempés. La dernière fois que ça m'est arrivé, j'ai rêvé que j'étais né avec deux mains, mais que l'une d'elles avait pris vie et s'était détachée de mon corps quand j'étais petit... pour revenir m'étrangler des années plus tard!

– Ça va, Étienne? me demande mon père.

Son gros ventre entre en premier dans ma chambre et ensuite, je vois apparaître son visage au double menton. Comme les autres jours, il affiche un air crispé. Il semble de plus en plus nerveux depuis quelques semaines. Comme présentement où il promène son regard partout dans la chambre, comme s'il cherchait quelque chose ou quelqu'un qui serait caché dans un coin.

– Papa, pourquoi tu es nerveux?

– Moi? J'ai l'air nerveux? Pourquoi tu dis ça? me répond-il d'un ton sec.

– Pour rien... Laisse faire. Je suis encore endormi.

- Ça va? me demande-t-il à

nouveau.

– Oui, oui… C'était juste un mauvais rêve…

– Tu nous as réveillés, maman et moi, tellement tu criais fort.

– Je m'excuse, papa.

– Je vais aller te préparer à déjeuner.

– Déjà? Il est de bonne heure, non?

Mon père ne me répond pas. Il continue de fouiller ma chambre des yeux avant de sortir brusquement. Je l'entends descendre les marches qui mènent à la cuisine. Je jette un coup d'œil sur mon petit réveille-matin en forme d'Iron Man. Il est cinq heures douze… D'habitude, on se lève à six heures trente. Après tout, j'habite juste à côté de l'école, pas besoin de se réveiller trop tôt, ni de manger les repas dégueulasses de la cafétéria.

Je ne suis pas très à l'aise dans mon pyjama humide. J'ai honte : ne suis-je pas un peu vieux pour faire pipi au lit? Je n'en parlerai à personne, même pas à mes parents, sinon ils vont m'emmener voir le docteur Poulain. C'est le père de Mathieu. Ce même Mathieu qui n'arrête pas de rire de moi à l'école, à cause de mon handicap. Ce petit moignon qui termine mon bras droit lui inspire toutes sortes de moqueries depuis le début de l'année scolaire. « Tu es sorti trop vite du ventre de ta mère. Il t'en manque un bout, on dirait? », « De quelle planète tu viens, toi? » ou encore « Tu as oublié de mettre ta main, ce matin? » Alors, si papa et maman apprennent au docteur Poulain que j'ai fait pipi au lit, c'est sûr que Mathieu va le savoir et avec lui, l'école au complet!

Motus et bouche cousue!

Heureusement, j'ai un pyjama de rechange.

En sortant de ma chambre, je vois ma mère qui, tout comme mon père, ne semble pas dans son assiette depuis quelque temps… D'habitude, elle camoufle ses cernes avec du maquillage, mais elle a cessé de le faire. Et elle est préoccupée par quelque chose, je le vois bien. Je ne sais pas quoi, mais on dirait qu'elle devient, elle aussi, de plus en plus nerveuse. La voilà déjà habillée. Elle sort de la salle de bain, l'air fatigué. Quoi? Pourquoi ne porte-t-elle pas sa robe de chambre et ses pantoufles?

Qu'est-ce qui se passe?

— Maman, pourquoi se lève-t-on de si bonne heure ce matin?

— C'est que ton père et moi, on a des choses importantes à faire aujourd'hui...

Elle ne me regarde même pas. Ça, c'est bien la première fois! D'habitude, elle me regarde toujours en me parlant. Combien de fois m'a-t-elle dit que c'était impoli d'avoir l'air distrait pendant que quelqu'un nous parle?

Quand je descends à la cuisine, mes parents n'y sont plus. Sur la table, il y a un verre de jus d'orange. C'est tout. Rien des habituelles rôties et des céréales de ma mère. Autre chose d'étrange : ça ne sent pas le café!

– Papa?

– Oui, Étienne? me répond-il en arrivant du salon.

– Tu n'as pas pris de café ce matin?

– Non.

Lui, contrairement à son habitude, me fixe droit dans les yeux.
Un regard qui me fait frissonner.
Ça me rappelle celui de Dracula,
dans le film de l'autre soir, à la
télévision. Il hypnotisait les gens
avec ses yeux tout grands ouverts.

– Bois ton jus d'orange, c'est
bon pour la santé, me dit mon
père, les poings serrés.

– Mais je n'aime pas ça, tu le
sais...

Est-ce que je suis bien réveillé?
Peut-être que je suis encore
dans mon cauchemar... Et si les
silhouettes étranges de la nuit
dernière avaient pris la place de
mes parents?

Non, c'est stupide. Voyons, ces

choses-là ne se peuvent pas. C'est seulement à la télévision, non?

– Fais ce que dit ton père, Étienne, m'ordonne ma mère en arrivant à son tour dans la cuisine.

Pourquoi m'appelle-t-elle Étienne? Où est passé mon petit surnom « Titi »? Je suis gêné quand elle m'appelle comme ça. Je déteste ça, surtout quand je suis avec mes amis, ça me fait honte. Mais là, j'aimerais bien qu'elle le fasse. Parce que cette madame-là n'agit pas comme ma mère. Et ce monsieur-là n'est pas mon père.

Ou bien c'est moi qui n'y comprends plus rien…

Je prends le verre et bois en deux longues gorgées le jus

d'orange. Comme ça, je n'aurai pas à faire durer le supplice trop longtemps. Ouark! C'est encore plus mauvais que dans mes souvenirs!

Mais ce n'est pas ça qui me dérange le plus...

Est-ce possible que les parents changent autant du jour au lendemain?

Dès que j'arrive dans la cour d'école, je reconnais la tuque rouge de Mathieu, qui est deux fois plus grand que moi. Il a déjà une moustache, fine, mais quand même, ce qui lui donne l'air d'un vrai homme, contrairement à moi, tout petit et imberbe. Il joue au ballon avec ses amis. Tant mieux, il ne m'agacera pas ce matin! J'en profite pour rejoindre Samuel et Jérémy.

– Salut Étienne! Tu n'as pas l'air dans ton assiette… dit Samuel, le plus roux des rouquins, les cheveux presque rouge sang.

– Ce sont mes parents… Ils agissent de façon anormale.

– C'est bizarre, des parents, dit Jérémy qui porte toujours un bandeau sur la tête.

– Peut-être qu'ils vont se séparer, suppose Samuel. Les miens étaient très étranges avant de divorcer.

– Je ne sais pas… Mais ils n'étaient pas comme d'habitude, ils se sont levés vraiment de bonne heure et ils m'ont fait boire du jus d'orange pour déjeuner.

– Et qu'y a-t-il de bizarre à ça? demande Samuel. C'est bon du jus d'orange!

– Moi, je ne trouve pas en tout cas!

– Regardez qui s'en vient! C'est Mathieu!

Oh non! Pas lui! Pourtant, on dirait qu'il n'est pas fâché contre moi, contrairement aux autres jours. Il a même l'air un peu gêné quand il me regarde.

– Heu… Je m'excuse pour avoir ri de toi…

Quoi? Là, je ne sais pas quoi dire tellement je suis surpris. Mes amis aussi restent silencieux.

– Je ne le referai plus, promis, ajoute-t-il avant de s'éloigner de nous.

Samuel est le premier à parler :

– Je n'en crois pas mes oreilles!

– Moi non plus… Je n'aurais jamais cru qu'il s'excuserait…

Mais qu'est-ce qui se passe? Il n'y a pas que mes parents qui sont différents, aujourd'hui… Est-ce que tous les habitants de la ville de Sherbrooke auraient changé en une seule nuit?

LE MIDI

À la cafétéria, il y a du spaghetti. J'aime ça! Et j'ai une faim de loup, ça tombe bien.

Je vais rejoindre Samuel, Jérémy et Benoit – un grassouillet, mais moins que mon père – qui ont déjà commencé à manger.

– Il ne goûte pas comme d'habitude, vous ne trouvez pas? demande Samuel.

– C'est vrai que le goût est dégueulasse… mais c'est quand

même mangeable, lui répond Benoit.

Ce matin, dans le cours d'éducation physique, le professeur nous a fait faire la sieste. Une sieste! Ça n'a aucun sens! En plus, si je m'en souviens bien, il nous avait pourtant annoncé, la semaine dernière, que nous allions jouer au basketball. On dirait que tout le monde est étrange aujourd'hui.

Même si la cafétéria est bruyante, je peux entendre la voix de Mathieu. Il est assis à une table pas très loin de nous.

– Je te le dis, Jérôme, mon père n'a jamais été aussi sévère que ce matin… Je ne sais pas ce qui lui a pris, mais il n'arrêtait pas de me crier après et de m'ordonner de boire mon jus d'orange.

Je me tourne vers lui pour mieux le voir. Sur son visage, je lis de la peur. Ça y est. C'est pour ça qu'il a l'air tout mou. Ses parents aussi agissent de façon inhabituelle! Avant, jamais il ne se serait excusé. Un long frisson parcourt mon échine. Il se passe quelque chose de terrible à Sherbrooke!

— Et toi, Étienne, tu ne trouves pas qu'il a mauvais goût le spaghetti? me demande Samuel.

J'y goûte. Ouark! Il a bien raison : je n'ai jamais mangé de spaghetti aussi mauvais de toute ma vie. La sauce a un petit goût de... de jus d'orange! Oui, c'est ça!

Je jette un coup d'œil aux cuisinières de l'école qui nous ont servi nos repas. Elles se tiennent raides, debout, derrière le comptoir, et regardent droit devant elles, sans bouger. Qu'est-ce qu'elles font? Elles fixent le vide. On dirait qu'elles attendent quelque chose, l'air stressé. C'est louche... Elles agissent de façon étrange comme mes parents et ceux de Mathieu. Et comme le professeur d'éducation physique, ce matin.

– Comme tous les adultes! pensé-je à voix haute.

– Qu'est-ce que tu dis? me demande Jérémy.

– Ce matin, vos parents n'étaient pas bizarres?

– Pas plus que d'habitude... soupire Jérémy.

Benoit lève les yeux au plafond, comme chaque fois qu'il en a marre :

– Mais qu'est-ce que tu as, Étienne? Tu n'arrêtes pas de parler de tes parents depuis que tu es arrivé!

– C'est à cause du cauchemar que j'ai fait la nuit dernière... Je ne suis pas sûr que c'en était bien un. C'était tellement réaliste!

Juste d'y repenser, la chair de

poule me couvre le corps. Mon cœur commence à battre plus rapidement.

– Qu'est-ce qui se passait dans ton rêve? me demande Samuel, l'air intéressé.

– Des ombres, des silhouettes, étaient dans la chambre de mes parents et... quand elles se sont rendu compte que j'étais là, elles ont commencé à avancer vers moi. Elles avaient six doigts par main...

– Des voleurs?

– Non... Je ne sais pas. Je me demande même si elles étaient humaines.

Assis juste à côté de moi, Samuel est blême.

– J'ai fait le même rêve que toi…

Pendant une seconde ou deux, mon cœur arrête de battre. Quand il reprend vie, ses battements me font mal à la poitrine, comme s'il était sur le point d'exploser.

– Quoi?

– Je n'osais pas vous en parler… J'ai eu tellement peur, je pensais que vous alliez rire de moi.

– Et ce matin, tes parents, comment ils étaient?

– Un peu comme les tiens… En tout cas, pour ma mère, je ne sais pas, je couchais chez mon père hier soir. Mais lui et sa nouvelle blonde, eux aussi, voulaient me faire boire du jus d'orange. Moi, j'aime ça... Mais là, ils m'ont demandé d'en boire un deuxième verre. Les autres jours, ils me disent de ne pas exagérer, qu'on doit en garder pour les autres matins...

Je le savais! Je ne suis pas le seul à constater qu'il se passe des choses inhabituelles... Samuel se ronge les ongles. Cette habitude ressort seulement quand il a peur, comme quand nous nous sommes perdus tous les deux dans le bois Beckett et que nous entendions un chien hurler. Nous pensions que c'était un loup qui allait nous dévorer. Cette fois-là, mon ami s'était rongé les ongles jusqu'au sang tellement il était terrorisé.

– Mais qu'est-ce qui se passe selon toi? lui demandé-je.

Lorsqu'il sort le bout de son pouce de sa bouche, je vois qu'il l'a mordillé jusqu'au sang. Sa main tremble.

– Je ne sais pas ce qui se passe. Mais c'est gros. Très gros.

– Tu veux dire comme un genre de complot? lance Benoit.

– Je ne sais pas. Peut-être, réponds-je.

Un complot de parents... non, de tous les adultes de Sherbrooke! Je sens la pièce tourner autour de moi comme si j'étais en haut d'une échelle et que le vertige m'étourdissait. Samuel recommence à se ronger les ongles.

– Voyons! s'exclame Benoit. C'est stupide! Nos parents, tu les imagines être dans un complot... et un complot pourquoi? Pour nous faire boire du jus d'orange? Ça ne tient pas debout ton histoire...

La pièce arrête de tourner, mais mon cœur, lui, continue de battre fort. Même si je dois avouer que l'idée du complot est tirée par les cheveux, je sens qu'il y a du vrai dans tout ça. C'est impossible que tous ces gens agissent anormalement la même journée...

Mon estomac crie famine. Je regarde mon assiette. Est-ce que je mange ce spaghetti même s'il n'est vraiment pas bon?

C'est peut-être parce que j'ai faim que je me sentais étourdi?

Pas le choix. Déjà que je n'ai pas beaucoup déjeuné ce matin. J'arrête de respirer, comme ça je ne goûterai rien, et j'avale une bouchée.

L'APRÈS-MIDI

Monsieur Nadeau nous regarde un court moment, du haut de ses six pieds trois pouces, avant de parler de sa voix grave.

– Vous allez ouvrir vos livres à la page 32 et faire les exercices.

Ensuite, il s'assoit derrière son bureau à l'avant de la classe, ce qui fait craquer la chaise, sans rien dire de plus. Lui non plus n'est pas comme d'habitude... Il ne nous demande jamais de travailler dans nos livres en classe. Et là, derrière moi, il y a Amélie et Suzie, les deux sœurs – les deux pies, devrais-je dire – qui discutent : monsieur Nadeau n'intervient même pas! Est-ce que ce sont tous les adultes de la ville qui sont différents, aujourd'hui? Pas juste différents… peut-être que c'est une invasion extraterrestre! Toute la ville est possédée depuis cette nuit par ces êtres venus d'ailleurs! Oui, c'est ça, j'en suis sûr! Comme dans ce film, *L'invasion des profanateurs*, que mon cousin avait loué en fin de semaine passée…

– Monsieur Nadeau me fait peur… Il nous fixe comme mon père le faisait ce matin, me chuchote Samuel, assis au pupitre à ma droite.

Je vois ce qu'il veut dire : le regard du professeur est froid, nerveux... Il cherche quelque chose dans la pièce.

– Oui, comme le mien aussi... lui réponds-je. On s'en reparle à la récréation... Il ne faut pas que le prof nous entende!

Silencieux, monsieur Nadeau nous observe comme un prédateur fixe ses proies. On dirait même qu'il va nous sauter dessus d'un moment à l'autre. Il n'y a pas que Samuel qui en a peur aujourd'hui. Moi aussi, je commence à me ronger un ongle. J'en arrache un bout avec mes dents et le recrache le plus silencieusement possible. S'il m'entend, c'en est fini avec moi. Cet extraterrestre déguisé en humain va se lever et va marcher jusqu'à mon pupitre. Juste d'y penser, ça me donne des sueurs froides. Pour ne pas attirer son attention, j'ouvre mon cahier d'exercices de mathématiques. Je pose la mine de mon crayon sur la page... mais je n'arrive pas à me concentrer. Je sens le regard de la créature sur moi. Si je lève les yeux, qu'est-ce qui va se passer?

Je n'ose pas. J'écris n'importe quoi pour faire semblant de répondre aux questions. Et j'attends. J'attends que la cloche sonne, le cœur battant la chamade.

Je sursaute quand ma mine se casse. Sans y penser, je m'excuse à voix haute.

— Vous avez cassé votre mine, Étienne Gélinas? me demande monsieur Nadeau.

Comment il a fait pour le savoir? Son ouïe doit être plus développée que la nôtre.

— Euh… oui.

Oh non! J'ai levé les yeux vers lui. Il me regarde sans bouger. On dirait qu'il essaie de m'hypnotiser, comme Dracula! Je réussis à baisser la tête. Ouf! Un peu plus et… et quoi?

— Venez en avant pour l'aiguiser!

– Non, non, c'est correct… J'ai un autre crayon dans mon coffre.

Je ne lève pas la tête, mais je sais qu'il me fixe toujours. Peut-être qu'il a des pouvoirs comme les vampires et qu'il va réussir à me contrôler? J'espère que non. Je sors un autre crayon de mon coffre et je continue de faire semblant.

$4 + 5 \times 3 = 20\ 430$.

$9 \times 6 - 7 = 5\ 693$.

Je ne prends pas le temps de lire les questions, je réponds n'importe quoi, la main tremblante et moite de sueur.

Enfin! La cloche sonne! Je range mes choses dans mon pupitre et en moins de dix secondes, je suis dans le couloir. Loin de monsieur Nadeau, ou de cette chose qui a pris sa place. Déjà, je me sens plus en sécurité.

Rapidement, Samuel, Jérémy et Benoit viennent me rejoindre dans la cour d'école.

– Ouf, je l'ai échappé belle avec monsieur Nadeau!

– Oui, fait Samuel, j'ai vu ça. Il n'était pas comme d'habitude! Comme on disait ce midi, il se passe quelque chose… J'y crois à ton histoire de complot.

– Moi aussi, avoue Benoit. Dans mon cours de français, madame Lemieux nous regardait comme une vraie zombie affamée, en manque de cerveaux!

Il n'y a que Jérémy qui, les bras croisés, ne semble pas y croire.

– Franchement, les gars, vous pensez quoi? Que tous les adultes de la ville sont des monstres?

Aucun de nous ne répond sur-le-champ. Plusieurs secondes plus tard, Samuel réplique :

– Et pourquoi ils nous donnent du jus d'orange?

– J'ai l'impression qu'ils veulent nous empoisonner... dis-je. Oui, comme le spaghetti de ce midi... Ou peut-être nous contaminer pour qu'on devienne comme eux.

Samuel se tape dans les mains.

– Je sais! Ce soir, on ne mange

pas ce que nos parents nous donneront au souper…

— Moi, je n'embarque pas là-dedans! dit Jérémy.

— Tant pis pour toi! lui répond Benoit.

J'espère qu'il n'arrivera rien à Jérémy. Même s'il ne nous croit pas, c'est quand même mon ami, je ne voudrais pas qu'il lui arrive quoi que ce soit… Mais têtu comme je le connais, il sera sceptique jusqu'à ce qu'il soit trop tard. Je m'apprête à lui dire qu'il n'a rien à perdre à nous écouter, mais il s'en va. Je recommence à me ronger les ongles, comme Samuel.

LE SOUPER

Pourquoi est-ce qu'on dirait qu'ils essaient de cacher leurs mains?

Depuis que je suis revenu de l'école, mes parents ont les mains dans leurs poches. Même quand j'ai échappé mon sac à dos par terre et que mes cahiers se sont éparpillés partout sur le sol, Maman n'est même pas venue m'aider… Elle est restée là, sans réagir. Elle semblait m'analyser.

Je suis monté à ma chambre.

Ça, c'est ce que je voulais lui faire croire. Le plus silencieusement possible, je suis revenu sur mes pas pour l'espionner, du haut des marches.

C'est là que je suis depuis quelques minutes.

La voilà qui prépare la table pour le souper. Elle ressemble à un zombie avec ses gestes lents : elle pose une assiette sur la nappe bleue, la fixe quelques secondes, va en chercher une autre et continue. En la regardant plus attentivement, je remarque qu'elle tremble, comme quelqu'un qui veut contenir sa grande nervosité à l'intérieur. Et... oh mon Dieu! Ses mains : je le savais! Il y a un bandage sur son petit doigt. Il paraît même plus gonflé, plus gros que d'habitude! Comme... comme si un sixième doigt lui avait poussé! C'est... c'est impossible... Peut-être que ce soir, elle ne ressemblera plus du tout à ma mère, mais au monstre de mon cauchemar!

Qu'est-ce que je fais? Je m'en tiens au plan. Je ne mangerai rien de ce que mes parents me donneront. Et je ne fermerai pas l'œil de la nuit. Voilà.

Je retourne dans ma chambre sans faire de bruit. On dirait que j'ai choisi le bon moment, car j'entends ma mère m'appeler :

– Titi, viens souper!

Titi! Mon surnom! Et si c'était vraiment ma mère? Non. C'est la créature qui a pris possession de son corps qui veut me mentir. Je dois rester prudent.

– Étienne, viens souper!

Ah! Elle s'était trompée! Je le savais. Je vais continuer de jouer le jeu, comme si de rien n'était. Quand je sors de ma chambre, je manque de foncer sur mon père. Depuis combien de temps est-il là? Est-ce qu'il m'a vu espionner ma mère?

Sûrement.

Oh non! Il sait que je me doute de quelque chose… juste à voir ses yeux de prédateur qui restent accrochés sur moi. En plus, j'ai la chair de poule, et ça paraît!

– Viens manger, ta mère t'appelle.

Qu'est-ce qui se passerait si je refusais? Je n'ose pas, déjà que je tremble, et je suis mon père. Je sens que son regard ne me quitte pas jusqu'à ce que j'arrive dans la cuisine. Déjà, nos assiettes sont servies : il y a du jambon, des patates, des carottes et... du jus d'orange!

– Ça sent très bon, maman... mais je n'ai pas tellement faim, ce soir.

J'entends mon estomac gronder. Oh non! Ça ne m'aide pas du tout. Maintenant, ils savent que j'ai faim. Mes parents s'assoient autour de la table et me regardent sans bouger jusqu'à ce que je les rejoigne.

– Mange, sinon ça va être froid.

Je n'ai pas le choix. Ils ne me laisseront pas quitter la table avant que j'aie mangé. Mon plan tombe à l'eau. Qu'est-ce que je peux faire pour m'en sortir? Peut-être que je pourrais laisser tomber mon assiette par terre, comme par accident? Non, ce serait trop suspect... Mon ventre grogne encore. Ma main prend la fourchette devant moi. Je n'ai presque pas mangé de la journée... et elle a l'air vraiment bonne, cette tranche de jambon. Tant pis! Juste une bouchée,

une toute petite bouchée. Hum!
C'est bon et ça fait du bien.
Peut-être qu'ils n'ont pas mis de
jus d'orange dans l'assiette, il
y en a un verre plein qu'ils vont
sûrement me demander de boire
bientôt.

– C'est bien, Étienne. Maintenant, bois ton jus d'orange.

Qu'est-ce que je disais?

LE SOIR

Alors que je fais semblant de lire le tout dernier roman Zone Frousse, mes parents entrent dans ma chambre, un verre de jus d'orange à la main. Encore! Déjà que j'ai dû en boire un ce matin et un autre au souper!

– Je n'ai pas soif…

– Allons, Étienne, c'est bon pour toi.

– Oui, mais trois par jour, ce n'est pas un peu trop?

Ils ne me répondent pas, toujours immobiles. Je ne peux m'empêcher de fixer le bandage sur le petit doigt de ma mère.

– Heu… maman, tu t'es coupée?

– De quoi tu parles?

– Là, ton petit doigt.

Elle baisse les yeux pour le regarder à son tour.

– Oui, c'est ça. Bon, maintenant, bois ce jus d'orange. Fais-le pour moi.

– Pour nous, insiste mon père.

Lui, il cache bien ses mains, je n'arrive pas à les voir. Il se tient juste derrière ma mère, c'est pour ça. Ce n'est pas vrai! Ils ne partiront pas tant que je n'aurai pas bu ce jus!

– Bon… C'est d'accord. Je vais juste terminer de lire mon livre et je le boirai après, promis.

– Promis? me demande mon père, l'air très sérieux.

– Oui.

Ma mère vient déposer le verre sur ma table de nuit, juste à côté de mon lit. Ensuite, mes parents sortent de ma chambre et je les entends s'éloigner. Est-ce qu'ils descendent les marches? Je ne sais pas. J'attends un petit peu. Je ne les entends plus. J'abandonne mon livre sur mon lit et je prends le jus d'orange. Je me penche vers le sol et je vide le verre dans la petite fougère. Bien joué! Comme ça, ils vont croire que je l'ai bu et ne m'embêteront plus avec ça.

Jusqu'à présent, mon plan ne fonctionne pas très bien. J'espère que ça va mieux pour Samuel et Benoit. Parce que pour moi, ça va mal. Ces adultes m'ont obligé à terminer mon assiette, ce que je ne voulais pas. Ils m'ont fait boire le verre au complet, tout à l'heure. Au moins, là, je reprends le contrôle. C'est moi qui décide. Un point c'est tout. Oui, c'est ça, ce doit être seulement quand ils sont près de moi qu'ils contrôlent mes gestes.

Bon, je remets le verre sur la table de nuit. Je me rassoie sur mon lit et je reprends le livre. Ma main tremble. Je ne peux pas le cacher : j'ai peur, j'ai très peur. Ce qui arrive aujourd'hui est cent fois plus terrifiant que le film de Dracula, l'autre soir à la télévision... Parce que les vampires, ça n'existe pas. Mais cette journée bizarre, elle, ce n'est pas du cinéma. C'est bien réel.

J'ai envie de pleurer. Mes parents... Qu'est-ce qui se passe avec eux? Je ne les reconnais plus du tout. Où sont-ils passés, ceux qui m'emmènent au cinéma le dimanche et à La Ronde l'été? Aujourd'hui, tout ça me semble bien loin. Je retiens mes larmes. Je dois rester silencieux.

Ces terribles créatures venues d'ailleurs vont sûrement tenter quelque chose cette nuit. C'est pour ça que je ne dormirai pas. Oh que non! Et quand je les aurai démasquées, je leur demanderai ce qu'ils ont fait de mes parents.

Les yeux grands ouverts, j'attends.

LA CONVERSATION

J'ouvre les yeux en entendant la voix de mes parents. Est-ce que j'ai dormi? On dirait bien, car je suis toujours assis sur mon lit, la tête contre le mur. Même si j'ai mal au cou, j'essaie d'oublier la douleur et de me concentrer sur la conversation :

– Pauvre Étienne... Je ne suis plus capable de lui mentir, déclare ma mère.

Ils parlent de moi! Je retiens mon souffle et tends l'oreille.

– Je pense qu'il se doute de quelque chose, lui répond mon père.

– On a fait ce qu'il fallait, non? demande ma mère.

– Oui, j'en suis sûr. Rappelle-toi quand on était petits, nos parents ont fait la même chose pour nous.

– Pauvre Étienne, j'espère qu'on ne l'a pas traumatisé avec tout ce jus d'orange... Lui qui n'aime pas ça d'avance...

– Peut-être, mais on lui a sauvé la vie aujourd'hui. On l'a empêché de se faire infecter par Eux. Tu sais comme ils haïssent tout ce qui est acide... Et le jus d'orange, c'est très acide. Et si les autres parents ont fait comme prévu, les autres enfants ne courent aucun danger.

— Monsieur Nadeau, le professeur d'Étienne, m'a appelé cet après-midi. Il m'a dit que, dans chacune des classes, tous les professeurs surveillaient pour essayer de trouver lequel parmi les élèves est infecté, qui est possédé par Eux. Comme dans notre jeunesse, ces Êtres choisissent un enfant et lui volent son corps pour passer inaperçus.

— Est-ce qu'ils ont trouvé l'élève infecté?

— Non. Heureusement, ce n'est pas notre Étienne, car chaque fois qu'il a bu le jus d'orange, il ne s'est rien passé. Alors, ce n'est pas lui. Ça peut être n'importe qui.

J'écoute, sans bouger, mes parents discuter de tout ça, de ces « Eux » qui possèdent les enfants, une fois tous les vingt-cinq ans. Cette histoire, même si elle est dure à croire, répond à mes questions. C'est pour ça que mes parents, que tous les adultes, agissent de façon si bizarre depuis ce matin! J'ai le goût de courir jusqu'à leur chambre et de les serrer dans mes bras. Mes parents ne sont pas des créatures à six doigts! Et surtout : ils sont toujours vivants, contrairement à ce que je craignais! Je souris, rassuré, en me levant pour aller les rejoindre.

Non, non.

Attends un peu, Étienne! Et si c'était un piège? Et s'ils savaient que tu les écoutais et qu'ils avaient inventé une histoire, des mensonges? Ils veulent que tu leur fasses confiance!

Qu'est-ce que je fais? Qu'est-ce que je peux faire?

Je fige sur place, mon cœur battant jusque dans mes tempes. C'est un piège, sinon ils auraient chuchoté pour ne pas que je les entende. C'est ça, ils veulent m'attirer près d'eux.

Quand ils n'ont plus leur déguisement d'humain, quand ils reprennent leur forme originelle, je les imagine avec six ou huit yeux, comme les araignées, avec le corps couvert de poils longs et noirs! Je ne veux plus du tout aller les voir, je remonte sur mon lit et je ne bouge plus.

C'est là que j'entends des pas, dans le couloir. Des pas qui viennent jusqu'à ma porte. Ce sont Eux, ils viennent me tuer!

L'ALLIÉ

La porte de ma chambre s'ouvre et laisse apparaître une ombre. Ça y est, ils viennent me chercher! Ils vont me tuer, j'en suis sûr. Mais non, il n'y a qu'une seule ombre! Il ne s'agit donc pas de mes parents... Elle avance vers moi et, même s'il fait noir, je parviens facilement à reconnaître Jérémy avec son bandeau sur la tête.

Je lui demande :

– Qu'est-ce que tu fais là?

– Chut!

Plus il s'approche de moi et plus je constate, par ses traits crispés, qu'il a l'air d'avoir peur, vraiment peur. Ses yeux regardent partout dans ma chambre, comme s'il cherchait quelque chose.

– Ils ne sont pas dans ta chambre, pas encore.

– Qui ça?

– Eux. Tes parents.

– Non, ils sont dans leur chambre. Ils t'ont peut-être entendu arriver.

– Oh non... J'ai essayé d'être le plus silencieux possible. S'ils m'ont entendu, ils vont essayer de m'infecter moi aussi.

J'avais donc raison pour mes parents : c'était un piège ! J'ai bien fait de ne pas aller les rejoindre sur un coup de tête... Ils seraient sans doute en train de m'étouffer avec leurs affreuses mains ou, encore pire : de me dévorer avec ces dents tranchantes qu'ils m'ont cachées toute la journée ! Mon cœur bat vite, vite, comme jamais auparavant. Et encore plus fort que tout à l'heure... Il va finir par exploser !

– Je me suis sauvé de chez moi, mes parents n'étaient pas comme d'habitude ! explique Jérémy. Ils ont commencé à me courir après dans la maison... J'ai réussi à les semer... Heureusement que tu habites proche. Dire que ce matin, à l'école, je ne te croyais pas.

Je pose ma main sur son épaule pour tenter de le rassurer. Son corps ne dégage aucune chaleur, même qu'on dirait qu'il est froid. J'enlève tout de suite ma main et recule de quelques pas, par surprise. Peut-être que la peur lui donne froid...

— Tu as bien fait de venir ici. À deux, on va être plus forts contre les adultes... Si tes parents t'ont attaqué tout à l'heure, ça signifie que les miens vont essayer bientôt!

Jérémy est presque collé sur

moi, tellement il est proche. Dans ses yeux luit une lueur brillante qui me donne froid dans le dos. Il ressemble à quelqu'un d'autre, à un fou.

— Et je vais te dire comment on peut les empêcher de nuire, ces adultes.

Il saisit le moignon de mon bras droit. Il le serre de plus en plus fort. J'essaie de me dégager, mais il me retient. Je ressens une douleur, un picotement, comme s'il venait d'y mettre le feu.

— Avec ce petit bras différent des autres, c'est comme si tu étais destiné à nous rejoindre... Les adultes ne se sont rendu compte de rien, je suis passé inaperçu. Un à un, je vous aurai, les enfants, et bientôt, très bientôt, nous serons légion. Ça ne fera pas comme il y a vingt-cinq ans, cette fois-ci, je vais réussir! Joins-toi à moi.

Et Jérémy ouvre la bouche plus grande pour laisser sortir ce son grave, du fond de la gorge, comme quelqu'un en train de se gargariser. Comme dans mon cauchemar! Et il y a aussi autre chose qui sort de sa bouche : des mandibules, comme les insectes! Ses yeux s'enflamment, verts, sans pupille, et ils me fixent avec la fureur du prédateur qui va dévorer sa proie.

Et c'est là que je remarque qu'il a six doigts à chaque main.

Il lève ses mains affreuses vers mon visage. Je voudrais me sauver, mais je ne peux pas bouger. Non! Je suis complètement paralysé! Si seulement j'avais gardé mon jus d'orange, j'aurais pu le lui jeter à la figure. Maintenant, c'est trop tard. Je vais mourir.

Dévoré vivant.

Ça gratte à la fenêtre, juste à côté de moi. Ce sont des ombres, le regard aussi vert que celui de Jérémy. Elles ont grimpé après le mur de la maison ou quoi? Je reconnais leurs visages. C'est Benoit et Samuel!

Les douze doigts de Jérémy me saisissent la tête. On dirait

que je suis prisonnier d'un étau! Ce monstre va me broyer, m'écraser, me tuer!

– J'ai commencé par les infecter, eux, grogne la créature. Et maintenant, c'est à ton tour… Ensuite, on va aller de maison en maison pour contaminer tous les autres enfants de la ville.

Mon moignon chauffe de plus de plus, je n'ai jamais eu aussi mal avant. C'est comme si Jérémy y avait fait entrer une lame chauffée à blanc.

– JOINS-TOI À NOUS!

– Hé, toi! Regarde un peu par ici!

C'est la voix de mon père. Même si les mains de la créature

me couvrent presque entièrement le visage, je parviens à voir mes parents : ils sont juste derrière Jérémy. Tous les deux tiennent un pot de jus qu'ils versent au complet sur le monstre.

– AAAAAAAAAAAH! hurle ce dernier en tombant sur le sol.

- Étienne, vite, viens nous rejoindre! me lance ma mère.

Je contourne la créature qui continue de crier de douleur en se tortillant sur le plancher. Une de ses mains m'agrippe la jambe. Je manque de tomber, mais ma mère m'attrape à temps et me tire vers elle. De ma jambe libre, je donne un bon coup de pied à Jérémy. Il me lâche aussitôt. En moins de deux secondes, je suis en sécurité dans les bras de ma mère.

— Mon pauvre Titi, n'aie plus peur, on est là, on est là maintenant, chuchote-t-elle à mon oreille en me flattant les cheveux.

— On l'a eu, dit mon père en pointant Jérémy qui ne bouge plus.

Il semble dormir, le corps tout trempé de jus d'orange. Ses mains! Elles sont redevenues comme avant : elles ont cinq doigts chacune.

— Est-ce qu'il est mort?

— Non, ne t'inquiète pas. Il va s'en remettre, me répond mon père. Mais là, il faut se dépêcher de retrouver les autres enfants infectés!

C'est vrai! J'avais presque oublié Benoit et Samuel!

LES AUTRES

Quand on sort de la maison, j'ai froid. Je n'ai pas pensé à mettre mon manteau. Mes parents ne voulaient pas que je les suive, mais j'ai insisté. « Voyons, Étienne, c'est trop dangereux! » m'a dit mon père. Je lui ai répondu : « Oui, mais s'ils décident d'entrer dans la maison et que je suis seul, ça aussi, c'est dangereux... »

Et c'est bien vrai.

Je ne sais pas si ce souvenir

a traversé l'esprit de mon père, mais moi, ça m'est tout de suite revenu à la mémoire : la fois où il m'a oublié au centre commercial. J'étais seul, avec tous ces inconnus autour de moi. Quand, beaucoup plus tard, il est revenu me chercher, il s'est excusé, m'a dit qu'il ne s'était pas rendu compte que je n'étais plus derrière lui. Pendant longtemps, je n'ai pas voulu le croire, je pensais qu'il ne m'aimait plus et qu'il avait décidé de m'abandonner, là, loin de la maison.

Non, ce soir, je le suis comme son ombre. Et ma mère est juste derrière moi, donc je ne crains rien. Quand les insectes-humanoïdes nous tomberont dessus, nous serons ensemble. Et nous sommes prêts à les recevoir, armés d'un bocal de jus d'orange chacun.

Où se cachent-ils?

Nous faisons rapidement le tour de la maison. C'est facile : il n'y a pas de clôture autour de notre terrain, ni de haies de cèdres comme dans d'autres quartiers.

Ils devraient être faciles à repérer… mais aucune trace de Benoit et Samuel. Le quartier paraît désert.

– Avez-vous entendu? nous demande ma mère.

Je ne sais pas pour mon père, mais moi, je n'ai rien entendu.

– C'était des murmures, là, nous indique-t-elle en pointant un petit bosquet sur le terrain du voisin.

Mon père lève davantage le bocal de jus, prêt à le verser, avant de nous chuchoter :

– Allons-y.

Nous avançons vers l'étroit bosquet pas plus haut que moi. Étant donné que je suis assez petit, comment les créatures font-elles pour se cacher toutes les deux à l'intérieur? Non, ce n'est pas possible… Elles ne le peuvent pas. Mais peut-être y en a-t-il une seule. Nous devons tout de même être prudents.

Comme si nous avions prévu un

plan, nous nous dispersons : mon père contourne par la droite et ma mère par la gauche. Moi, je reste devant la cachette potentielle d'un des deux monstres. À nous trois, nous pouvons cerner l'ennemi.

On m'agrippe par la taille et on me tire vers l'arrière. J'échappe mon pot de jus par terre, il se vide sur l'herbe.

– NOOOOOOON!

Aussitôt, mes parents se tournent dans ma direction, la peur au visage.

– Titi!

Ils courent vers moi et, en même temps, vers ce qui m'entraîne.

– Si vous continuez d'approcher, je le tue, votre Titi! grogne Benoit dans mon dos.

Mes parents n'arrêtent pas leur course et me rejoignent.

– TUONS-LE! hurle Samuel en sortant du buisson.

Mourir? Non, je ne veux pas mourir! Pas maintenant! C'est assez, ça ne sert à rien d'avoir peur!

– NON! crié-je en frappant le monstre qui s'est emparé de moi.

Mon poing l'atteint en plein sur le menton et le déstabilise un moment. Il relâche son emprise sur moi. Je suis libre. Je me relève et m'éloigne de lui.

– Rejoins-nous, petit Étienne…

Je regarde Benoit et Samuel tour à tour. Mes yeux s'emplissent de larmes. Ces êtres monstrueux, juste à quelques pas de moi, étaient, il y a quelques heures à peine, mes amis. Cette nuit, sous la pâle lueur de la lune, j'ai du mal à les reconnaître. Où sont passés ceux avec qui je mange le midi, à la cafétéria, ceux à qui je peux me confier? Ils sont disparus derrière cette apparence monstrueuse… Ils ressemblent plus à des insectes cannibales qu'à des humains.

– C'est ça, avance… Bientôt, vous serez tous avec nous, les enfants et les adultes…

La gueule de Samuel s'élargit

pour laisser apparaître des mandibules, prêtes à me dévorer. Pourquoi je ne bouge plus? Je suis... paralysé! Et cette fois-ci, ce n'est pas à cause de la peur... Ce monstre m'a-t-il injecté un poison sans que je m'en rende compte? Non! Je sens son souffle chaud et son haleine visqueuse sur mon visage.

– Tiens, prends ça! crie mon père en versant tout le contenant de jus d'orange sur Samuel.

Celui-ci hurle de douleur en tombant à genoux, le corps secoué de violents tremblements comme s'il allait exploser. Heureusement, ça n'arrive pas et lorsqu'il arrête de trembler, ce n'est plus une horrible créature, mais un être humain... mon ami!

Benoit saute sur le dos de ma mère.

– Qu'avez-vous fait là, pauvres mortels?

– Lâche-la! hurle mon père.

– Si tu avances, je la tue!

Je parviens enfin à bouger. Comme si le fait que Samuel était redevenu humain avait éliminé l'emprise qu'il avait sur moi. Et comme l'attention de Benoit n'est pas fixée sur moi, j'en profite pour m'élancer sur lui. Même si je n'ai plus mon pot de jus d'orange, je saisis celui que tient ma mère et en asperge le visage de Benoit.

Comme pour les autres créatures, il souffre un court moment avant de s'évanouir.

Je remarque des silhouettes qui nous entourent, mes parents et moi. Oh non! Il y en a plein! Nous sommes cernés!

Je constate avec soulagement qu'il s'agit des voisins qui ont assisté à toute la scène. Si je me fie à leurs yeux grands ouverts, ils sont impressionnés par la bataille que nous venons de mener contre les monstres.

L'un d'eux, monsieur Faucher, demande à mon père :

— Est-ce que c'est fini? Est-ce que cette terrible journée est enfin finie?

Mon père, qui reprend son souffle, les mains sur les genoux, lui répond :

– Oui, je crois bien.

Ma mère vient me serrer dans ses bras et dit :

– Oui, c'est fini.

LE LENDEMAIN

Je me réveille en hurlant. Quel cauchemar affreux! C'était vraiment réaliste, un peu trop à mon goût... Mes draps sont tout trempés!

– Ça va, Étienne? me demande mon père en entrant dans ma chambre.

– Oui, oui... C'était juste un mauvais rêve...

– Tu nous as réveillés, maman et moi tellement tu criais fort.

– Je m'excuse, papa.

– Ne t'excuse pas, voyons! Je vais aller te préparer à déjeuner.

– Déjà? Il est de bonne heure, non?

– Mais de quoi, tu parles? Il est déjà sept heures trente! Viens, tu vas en retard à l'école.

Quand je descends à la cuisine, tout est normal. Pas de jus d'orange. Un bon déjeuner comme les autres matins, des rôties avec du Nutella! Et ça sent le café. Comme d'habitude, comme tous les autres déjeuners.

À part hier matin.

Hier est la pire journée de ma vie. Est-ce que ça s'est

réellement passé ou ne s'agit-il que d'un cauchemar, un très long cauchemar?

Mon père arrive du salon.

– Tu te souviens de ce qui s'est passé hier?

– Oui.

Il vient me serrer dans ses bras et me regarde un moment, les yeux pleins d'amour. Comme s'il lisait dans mes pensées, il me dit :

– Je suis tellement content que tu n'aies pas été infecté, hier.

– Et mes amis, où est-ce qu'ils sont?

– Leurs parents sont venus les chercher. Ils ne se souviendront de rien.

– Pourquoi moi, je me souviens de tout?

– Parce que tu n'as pas été infecté. J'ai vécu la même chose que toi quand j'avais ton âge. Et mes parents qui savaient ce qui se passait m'ont sauvé la vie. Ils m'ont expliqué que ces monstres reviennent tous les vingt-cinq ans depuis que l'homme blanc a décidé de venir habiter ici, il y a longtemps. Les Amérindiens leur avaient pourtant dit de ne pas construire de ville ici, mais personne n'a écouté. Et ça a troublé le sommeil de vieux démons amérindiens qui tentent de reprendre leur place dans le monde, en possédant les gens, en commençant par les enfants.

– Pourquoi tu ne m'en as pas parlé avant?

– Est-ce que tu m'aurais cru?

– Non…

– C'est pour ça. Tu verras, toi aussi, quand viendra le temps, que ce n'est pas si facile…

Étrangement, ça ne me fait pas peur. À mon tour, dans vingt-cinq ans, je vais me préparer à l'arrivée de ces monstres pour protéger mes enfants et ceux de la ville. Il me reste vingt-cinq ans pour raconter à mes amis et aux autres avec qui je vais grandir le danger qui guette Sherbrooke. Raconter l'histoire sera facile.

Mais convaincre les gens sera plus difficile...

J'espère qu'ils me feront confiance. Parce que c'est sûr que le phénomène va se passer à nouveau, les Amérindiens ont prévenu l'homme blanc, il y a longtemps.

Personne n'a écouté. Et depuis, ces lieux sont maudits. Heureusement, on sait comment arrêter les démons... mais personne ne peut les empêcher de revenir.

Ces démons aux horribles mains à six doigts!

Et c'est là que je regarde mon moignon. Je comprends pourquoi il me faisait si mal hier soir. Il y a six subtils bouts de chair qui ont commencé à pousser... Des doigts? Un frisson glacé glisse le long de mon échine. Si c'est bien une main qui pousse, est-ce que ça veut dire que je suis infecté? Un de ces horribles démons serait en train de grandir en moi...

REMERCIEMENTS

Un monstrueux merci à Amy, Karen et toute l'équipe des Éditions Z'ailées pour croire en moi et en mes cauchemars et un effrayant merci à tous mes lecteurs qui acceptent de les vivre, ces cauchemars.

JONATHAN REYNOLDS

 Jonathan a écrit pour la première fois pour les jeunes avec *Cris de sang*. Avant, il a publié environ une trentaine de nouvelles dans différentes revues et fanzines, ainsi que deux romans, *Ombres* et *Nocturne*, une novella, *La légende de McNeil*, et deux recueils de nouvelles, *Épitaphes* et *Silencieuses*. Quand il était enfant, il adorait lire à la lampe de poche des histoires de peur. C'est sans doute la raison pour laquelle il en écrit aujourd'hui... ou peut-être est-ce parce qu'il y a vraiment un monstre sous son lit!

DANS LA MÊME COLLECTION :